"PAPPA... RAJNITI CHOD DIJIYE"

राष्ट्रीय स्तर नाटक प्रतियोगिताओं में अनेक पुरुष्कर प्राप्त नाटक।

लेखक:

वी. के. बालान्जिनप्पा

यह नाटक केवल काल्पनिक है। यह किसी व्यक्ति या किसी राजनीति पार्टी से कोई संबंध नहीं रखता। ये नाटक किसी के मन को ठेस पहुंचना इस नाटक का उद्येश्य नहीं रखता। यह नाटक मात्र मनोरंजन के उद्येश्य के लिए रचित है। कृपया बुरा ना माने।

2

वी. के. बालान्जिनप्पा

मंच पर

1) टीचर
2) संचालन कर्ता
3) दुःशासन
4) द्रौपदी
5) विवेक ➤ श्रीराम जी का पुत्र
6) श्रीराम जी ➤ नेता
7) लक्ष्मी ➤ श्री राम जी की पत्नी श्री राम जी
8) अनिता रानी ➤ महिला मंडल की सचिव
9) आदिशेष ➤ श्री रामजी का चेला अर्थात P.A
10) मोहिनी - ➤ अनिता रानी की सहली
11) श्रीधर ➤ आम व्यक्ति
12) रोशन ➤ आम व्यक्ति
13) रंजन ➤ आम व्यक्ति
14) शर्मा जी ➤ नेता
15) चन्द्र मोहन जी ➤ नेता
16) व्यक्ति – 1 ➤ श्री रामजी के द्वारा धोखा खाये गये लोग एवं कुछ अन्य व्यक्ति
17) व्यक्ति – 2 ➤ श्री रामजी के द्वारा धोखा खाये गये लोग एवं कुछ अन्य व्यक्ति
18) व्यक्ति - 3 ➤ श्री रामजी के द्वारा धोखा खाये गये लोग एवं कुछ अन्य व्यक्ति

(नोट : द्रौपदी, विवेक एवं श्री राम जी की भूमिका एक ही व्यक्ति के करने से नाटक प्रभावशाली होता है।)

(समय : 60 मिनट)

पप्पा.... राजनीति छोड़ दीजिए

- ❖ राष्ट्रीय स्तर पर नाटक प्रतियोगिता में पुरस्कृत वी॰ के॰ बालान्जिनप्पा द्वारा रचित नाटक

  1. सिंड्रेला,
  2. यही है हमारा भरत,
  3. मेरा भरत महान,
  4. मृगतृष्णा,
  5. भगवान बिरसा मुंड,
  6. परिवर्तन
  7. पप्पा.... राजनीतिक छोड़ दीजिए।
  8. *देश कब सुधरेगा? (सिंड्रेला एवं बेवकूफ मंगरू - नाटक राँची आकाशवाणी एवं दूरदर्शन में भी प्रसारित हो चुका है।)*

- ❖ जिला स्तरीय सांस्कृतिक एवं नाटक प्रतियोगिता में पुरस्कृत नाटक

  1. काश्मीर फाईल,
  2. टीपू सुल्तान,
  3. छोटा परिवार सुखी परिवार,
  4. डा॰ भीम राव अम्बेडकर,
  5. संगोल्लि रायण्ण,
  6. मेजर प्रताप सिंह,
  7. पश्चाताप,
  8. टिंवक्ल-टिंवक्ल लिटिल स्टार इत्यादि
  9. किल्तूर चेन्नम्मा
  10. भगवान बिरसा मुंडा
  11. बेटी बचाओ-देश बचाओ
  12. डायन बिसाही सभी बकवास
  13. पाण्डे गणपत राय
  14. बेवकूफ मंगरू.... इत्यादि

वी. के. बालान्जिनप्पा

> रांची हाई कोर्ट के व्हाइट हाउस में सुप्रीम कोर्ट एवं झारखण्ड हाई कार्ट के प्रमुख न्यायधीश लोग से प्रशंसित नाटक: "लोक अदालत जिंदाबाद"।

> लोहरदगा जिला उपकारा में प्रदर्शित एवं अधिकारियों द्वारा प्रशंसित तथा कैदियों को रूलाये गये नाटिक 'परिवर्तन'।

> कला क्षेत्र में योगदान के लिए राज्य सरकार ने भी राज्य पुरस्कार से समणित किया।

पप्पा.... राजनीति छोड़ दीजिए

लेखक की कलम से :

विश्व कवि रविन्द्रनाथ ठाकुर कहते हैं :

"A butterfly lives not by years and ages: but it make its life honeyed, where as man lives by years and decades, still he made his life bitter and sour."

"तितली, महीना, वर्षों तक जी नही पाती, मात्र कुछ घंटो, दिन तक जीवित रहती है परन्तु, वह अपनी जिन्दगी को मधुर बना देती है। लेकिन मनुष्य कुछ घंटों नहीं, कुछ दिन भी नहीं, वर्षों, दशकों तक जीता है। उसने अपनी जिन्दगी को मधुर नही बनाया, कडुवा बना दिया, खट्टा बना दिया। यही, इस नाटक का मुख्य केन्द्र बिंदु है।

सैकडों, हजारों हितैषी मित्रों का, भाई बन्धुओ का, अनेक उन्नत प्रशासनिक अधिकारियों का एवं राजनीतिज्ञों का, प्रेरणा प्रोत्साहन का फल है मेरी यह रचना। उन सभी लोगो के प्रति मै आभार प्रकट करता हूँ एवं उन्हें धन्यवाद देता हूँ। हरेक बार मुझको प्रेरणा देने वाला हिन्दुस्तान, हिन्दुस्तान टाइम्स, प्रभात खबर, दैनिक जागरण, खबर मंत्र एवं अन्य पत्रिकाओं के भाईयों का भी मै आभार व्यक्त करता हूँ और उनका ऋणी हूँ। इन सभी लोगो का दिल जीतने के लिए, विभिन्न

वी. के. बालान्जिनप्पा

शैलियों में विभिन्न कथावस्तुओ व्दारा नाटको की रचना, करने का अनवरत प्रयास मैंने किया है एवं आज भी कर रहा हूँ। मैं अपने, उन छात्रों को भी धन्यवाद देना चाहता हूँ जिन्होंने मेरे नाटको में जिला स्तर पर एवं राष्ट्रीय स्तर पर आयोजित प्रतियोगिता में भाग लेकर पुरस्कार प्राप्त किया एवं विजयी हुए।

इस नाटक लेखन में जो अशुद्धियाँ थीं, उन्हें दूर करने में अपना अमूल्य सहयोग श्री दीपक कुमार मुखर्जी एवं श्री विनोद कुमार पाठक जी ने दिया । अतः में उनका भी हृदय से आभार व्यक्त करता हूँ। तीस से अधिक नाटकों की रचना के बाद पहली बार इस नाटक को प्रकाशित करने का विचार हुआ। कृप्या आप इसे पढ़कर अपना मंतव्य भेजने का कष्ट करेंगे।

नाटक : *"पप्पा.... राजनीति छोड़ दीजिए"*

'He who loves not his country, can love nothing "-Byron. !

एक जमाना था : राजनीतिज्ञ देश के लिए: समाज के लिए अपना तन, मन, धन सम्पत्ति, प्राण त्याग करने के लिए, निःस्वार्थ भाव से अपने आप को चंदन की तरह घिसते हुए, दीपक की तरह जलाते हुए अंधकार को मिटाकर ज्योतिर्मय बनाते थे एवं देशहित, जनहित के लिए आत्मसमर्पित होकर ध्रुवतारा की तरह चमकते हुए, इतिहास रुपी आकाश मे चिरस्थायी बन जाते थे। ऐसे महान व्यक्ति के सामने आने पर लगता था साक्षात ईश्वर के दर्शन हो रहे हैं तथा भक्ति भाव से हृदय पुलकित हो जाता था। शरीर रोमांचित हो उठता था।

'Politcs is the last resort of a scoundrel' -Johnson

आज अधिकांश व्यक्ति स्वयंभू नेता बन गये हैं। स्वार्थ, कपट, विश्वासघात, अत्याचार हिंसा कुविचार कसंस्कृति, कुबुद्धि, क्रूरता की भावना से समन्वित होकर अपने परिवार के लिए, समाज के लिए देश के लिए बाधक बन गए है, बाह्य जगत में सज्जन - सुशील मुखौटा पहनकर आंतरिक जगत में व्याघ्र रुप से चमक रहे है। ऐसे नेता लोग आने वाली पीढी को क्या मार्गदर्शन कर रहे हैं? क्या संदेश दे रहे हैं? इसी पर आधारित नाटक:

पप्पा.... राजनीति छोड़ दीजिए

"पप्पा.... राजनीति छोड़ दीजिए"

लेखक:

वी. के. बालान्जिनप्पा

"पप्पा.... राजनीति छोड़ दीजिए"

वी. के. बालान्जिनप्पा

नाटक : पप्पा राजनीति छोड दीजिए।

(दृश्य - 1)

(प्रेक्षक के समूह से)

डायरेक्टर : सभी प्रेक्षक बंधुओं को हमारा डिवाइन स्पार्क विद्यालय की ओर से सादर प्रणाम , हमारे विद्यालय के बाल कलाकारों ने राष्ट्रीय अंतर्राष्ट्रीय स्तर पर भाग लेकर, पुरुस्कार प्राप्त कर हमारा विद्यालय , जिला, राज्य एवं राष्ट्र का नाम रौशन किया है । "पप्पा राजनीति छोड़ दीजिए" नाटक को आपके समक्ष प्रस्तुत कर रहें हैं । नाटक का शीर्षक है - "द्रौपदी वस्त्रहरण .... द्रौपदी वस्त्रहरण"

टीचर : अरे ! क्या बच लोग है , आप लोगों को समय का ध्यान है या नहीं ? हमारे माननीय शिक्षा मंत्री जी आकार बैठे हैं । हमारा प्रधानाचार्य (प्राचार्य) हमें दांत रहें हैं । अभिभावकगण भी हल्ला कर रहें हैं । जल्दी नाटक प्रारंभ करना है या नाटक को बंद करना है ?

डायरेक्टर : नहीं सर नहीं , सर ! तुरंत शुरू हूजाएगा । सर ! कृपया आप जाकर बैठिए ।

   प्यारे दर्शकों , मैं आपसे क्षमा माँगता हूँ , कुछ ही पल मे नाटक शुरू होगा ।

टीचर : अरे ! तुम भाषण ही देते रहोगे, या नाटक बबही शुरू होगा । मंत्रीजी एवं अभिभावकगण तुरंत चले जाएंगे ।

शुरू करो ! जल्दी नहीं तो आपलोग का प्रोग्राम कैन्सल कर के दूसरा प्रोग्राम शुरू कर देंगे ।

डायरेक्टर : ऐसा मत कीजिए सर । प्लीज , ऐ लड़के लोग जल्दी शुरू करो ।

(डायरेक्टर साइड विंग की ओर दौड़ते जा रहें हैं । टीचर उनके पीछे जा रहें हैं ।)

"द्रौपदी वस्त्रहरण"

(परदे के पीछे से आवाज आता है ।)

महाभारत में धर्मराज युधिष्ठिर, कौरव एवं शकुनी के साथ पाशा के खेल में धन-सम्पत्ति, साम्राज्य हार जाते हैं । अन्त में अपनी पत्नी

वी. के. बालान्जिनप्पा

द्रौपदी को भी हार जाते हैं। कुरुकुल सार्वभौम दुर्योधन अपने भ्राता दुःशासन को द्रौपदी को घसीट कर लाने को कहता है और भरी सभा में द्रौपदी के वस्त्र हरण का आदेश देता है। इस हृदय स्पर्शी घटना को आपके समक्ष प्रस्तुत कर रहें हैं हमारे डिवाईन सपार्क फाइन आर्ट्स क्लब के नन्हे मुन्हे कलाकार | देखिए नाटकः

द्रौपदी वस्त्रहरण. . . . . द्रौपदी वस्त्रहरण

(लाइट ऑफ)

{द्रौपदी वेश में रहने वाला विवेक भयभीत - सा खड़ा है। उनकी साड़ी का आंचल नीचे गिरा है। दुःशासन हँस रहा है।}

(लाइट ऑन)

दुःशासन : आ हा.....हा....... हा....... हा....... आज मुझे इतनी खुशी हो रही है; जैसे मानो स्वर्ग मेरे हाथों में आ गया हो।......द्रौपदी........ पांचाली.......... आज तुम इस दुःशासन से नहीं बच पाओगी। उस दिन भरी सभा में मेरे भ्राताश्री, कुरूकुल सम्राट - दुर्योधन को देखकर सर्पलांछन लगा कर उपहास करके हँस रही थी ना ? अभी देखो तुम्हारी दुर्गति। तुमको इस महान सभा में निर्वस्त्र करके अपने भ्राताश्री दुर्योधन के अपमान का प्रतिशोध लूँगा।

द्रौपदी : छिः............. दुष्ट! दुर्विचारी! दुर्मार्गी! धूर्त! पापी! दुःशासन! ऐसा मूर्खतापूर्ण कार्य मत करो। मैं तुम्हारी

पप्पा.... राजनीति छोड़ दीजिए

भाभीश्री हूँ, तुम्हारी माताश्री के समान हूँ, मुझे अपमानित मत करो। मेरा यह अपमान तुम्हारे सारे कुरूकुल के विनाश का कारण बनजाएगा ।

दुःशासन : हः...... कुरूकुल का विनाश ! .... अभी तुम देखो अपना विनाश। पाशे की बाजी में धन, साम्राज्य, सम्पत्ति को हार कर अंत में तुम्हे भी हार कर, अपमान से, निर्लज्जता से - निर्वीर्य होकर नपुंसक की तरह बैठे हैं तुम्हारे वे पाँचों पति । वो विनाश को क्या कहती हो? हा........... हा....... हा....... । द्रौपदी आज तुम पर जो अत्याचार कर रहा हूँ, उसे सारे लोग देख रहे हैं। तुम्हारे पतियों के सामने तुम पर अत्याचार।

द्रौपदी : हे मूर्ख ! धूर्त ! पापी ! चाण्डाल! दुःशासन ! तुम्हारे अहंकार घमंड का सर्वनाश जायेगा। "विनाश काले विपरीत बुद्धि" । तुम्हारे विनाश का समय आ गया है, इसलिए तुम ऐसा कुकृत्य कर रहे हो। अपने मन का कुविचार - कुबुद्धि छोड़ दो। स्त्री का अपमान, स्त्री का शोषण घोर अनर्थ का कारण होता है। मुझे अपमानित मत करो; मुझे छोड़ दो..

दुःशासन : छोड़ना !!!...आ हा.... हा.... हा...... हा......! द्रौपदी अब तुम इस दुःशासन के पिंजरे में कैऽद हो चुकी हो।

(दुःशासन द्रौपदी की साड़ी खींचने का प्रयत्न करता है; और द्रौपदी भागती है। थोड़ी देर तक दुःशासन साड़ी पकड़ के खींचता रहता है)

वी. के. बालान्जिनप्पा

द्रौपदी : हे कृष्णा ! माधव ! मुकुन्द ! मधुसूदन ! मुझे बचाओ, मुझे बचाओ, हे अनाथ रक्षक ! हे दीनबंधु, दयासिंधु, करुणाकर, मुझपर कृपा करो। यह नीच; निकृष्ट, दुष्ट दुःशासन आपकी बहन को अपमानित कर रहा है। आओ, मेरी रक्षा करो, मेरी इज्जत बचाओ, हे दयानिधि! हे कृष्णा ! हे करुणामूर्ति, मेरी इज्जत बचाओ, मेरी इज्जत बचाओ। इस पापी से मुझे बचाओ, इस पापी से मुझे बचाओ।

(साड़ी खींचते खींचते खत्म हो जाती है; विवेक हॉफ पैंट में गोल घूमते रहता है। दुःशासन सिर झुकाकर साड़ी खींचने के जैसा अभिनय करता है।)

13

टीचर :   (दौड़ते आकर) मूर्ख, इडिएट, नॉनसेंस,...... खराब हो
गया, नाश हो गया... सर्वनाश हो गया..... मेरा नाम
बदनाम हो गया; (विवेक को जा के पूछता है)....ऐ मूर्ख,
क्यूँ घूम रहे हो लट्टू के जैसा । देखो तुम्हारा ड्रेस !
पागल कहीं का।

(दुःशासन की तरफ देखकर) ऐ शैतान कहीं का (एक
थप्पड़ देता है) क्या कर रहे हो तुम?

दुःशासन :   अरे ..... साड़ी इतनी जल्दी खत्म हो गयी ?

टीचर: तुम्हें इतना भी अक्ल नहीं था क्या ? पूरी साड़ी खींच
दिया!

वी. के. बालान्जिनप्पा

दुःशासन : मैं क्या करूं सर; उसको बोला था, दो साड़ियाँ पहन कर आने के लिए, लेकिन एक ही साड़ी पहनकर आया, मैं क्या करूँ?

विवेक : मैं क्या करूं सर! मेरी माँ ने कहा कि तुम्हें एक साड़ी भी नहीं दूंगी, इस साड़ी को भी मैं घर से चुराकर लाया हूँ।

टीचर: अरे! मर-घाट का लाठी, शैतान-घाट का खोपड़ी लोग, तुमलोग के वजह से हमारा विद्यालय का नाम बदनाम हो गया। स्कूल में बच्चों, टीचर लोग और प्राचार्य के सामने क्या बोलूँगा ?

दुःशासन : मैं आपको पहले ही बोला था सर; ऐसी पौराणिक नाटक मत कीजिए, आपने मेरी नहीं सुनी, मैं क्या करूँ?

टीचर: अच्छा आपलोगों को बड़ा प्रणाम !.. आज के बाद अपने जीवन में कभी नाटक नहीं करवाएंगे। इससे अच्छा बैल बकरी चराना है, या नहीं तो घर में बैठकर बादाम खाना है क्या ?

विवेक : कोई दूसरा नाटक करवाइए सर।

टीचर: दूसरा नाटक! वो भी आपलोग के साथ! कदापि नहीं बाप रे बाप ! आप लोग को बहुत बड़ा प्रणाम करता हूँ। आज से जिन्दगी में मैं कभी किसी से नाटक नहीं

पप्पा.... राजनीति छोड़ दीजिए

करवाऊँगा। मैं कान पकड़ता हूँ आज से। हो सकता है की प्रिन्सपल सर मुझे स्कूल से हटा सकते हैं ।

दुःशासन : आप स्कूल छोड़कर और क्या करेंगे सर ?

टीचर: क्या ! नाटक के अलावे मुझे कोई दूसरा रास्ता नहीं आता है क्या? सौ लोग को इक्कट्ठा करेके, एक राजनीतिक पार्टी बनाएंगे और उसका बड़ा नेता बनेगें और राजनीति करेंगे।

विवेक : सर, सर आपको हाथ जोड़ता हूँ सर, पैर पकड़ता हूँ सर, आप नेता मत बनिए। मुझे बहुत दुखी होगी। बहुत तकलीफ होगा सर।

टीचर: अरे! तुम्हारा पप्पा तो बड़ा नेता है; तुमको क्या दुःख है? क्या तकलीफ है ?

विवेक : मेरे पापा बड़ा नेता है, इसी बात का मुझे दुःख है । देखने वाले लोग सोचते हैं कि, मैं बहुत खुश हूँ, मेरे जैसे कितने नेताओं के बेटे दुःखी हैं; आपलोग नहीं जानते हैं सर।

टीचर: अरे विवेक ! तुम्हारे हृदय में इतना दुःख है; मैं नहीं जानता था।

विवेक : हाँ ! मैं स्टेज पर नाटक करता हूँ लेकिन मेरे पप्पा या मेरे पप्पा के जैसे कुछ बड़े-बड़े नेता लोग जिंदगी में और समाज में नाटक करते हैं।

वी. के. बालान्जिनप्पा

दुःशासन : अरे विवेक ! ये नेता लोग कैसे नाटक करते हैं!? हमे भी बताओ ना ?

टीचर: हाँ विवेक ! हमें भी बताओ; नेता लोगों का वास्तविक नाटक - मैं भी सुनना चाहता हूँ।

विवेक : सुनिए मत ! मेरे साथ आकर, आप खुद ही देख लीजिए। *(डायरेक्टर, विवेक और दुःशासन एक ओर देख रहे हैं।)* *(एक व्यक्ति नेता की तरह मंच के पीछे बीच में ऊंची जगह पर प्रेक्षकों को पीठ दिखाकर हाथ फैलाकर खड़ा हो जाता हैं ओर ऊपर देखते रहता है।)*

विवेक : *(उस व्यक्ति को देखकर)* देखिए। ये हैं मेरे पिताजी!. पिताजी मुझे माफ कीजिए, मुझे माफ कीजिए ! मैं आपका अपमान नहीं कर रहा हूँ। अपने हृदय की वेदना को आपके समक्ष दिखा रहा हूँ । पिताजी ! आप प्रेक्षकगण के साथ बैठिए कुछ देर के लिए। मैं आपका अनुकरण कर रहा हूँ। आपकी भूमिका को निभा रहा हूँ। मेरे इस उदण्ड कृत्य के लिए क्षमा कीजिए अब, देखिए मेरे पिताजी जैसे कुछ महान – महान नेताओं का सुंदर, कृत्रिम, नम्र सत्य नाटक॥

"पप्पा ...... राजनीति छोड़ दीजिए !"

दृश्य समाप्त

(दृश्य -2)

(दो व्यक्ति: WELCOME TO THE GREAT LEADER SHREE RAMJI' का बैनर पकड़कर मंच के एक ओर खड़े हैं। श्रीधर, राकेश एवं रंजन स्वागत द्वार बना रहें हैं।)

श्रीधर : जल्दी जल्दी बनाओ देर हो रही हैं ।

राकेश : *(श्रीधर की ओर देखकर)* फूलमाला लाये ? 50 मालाएँ लाने के लिए पैसा दिया था ना?

रंजन : अरे पैसे किसने दिया था?

श्रीधर : और कौन देगा है ? वहीं श्री राम जी ने दिया था।

रंजन : श्री राम जी? अपने स्वागत के लिए, अपने से ही फूलमाला मंगायें।

राकेश : हाँ ... यही राजनीति हैं! नहीं तो इन शैतान लोगों को कौन माला खरीद कर पहनाएगा, वो भी अपने पॉकिट से पैसा डालकर?

श्रीधर : 50 फूल मालाएँ बोला था ना, लेकिन मैं मात्र 40 मालाएँ ही लाया हूँ, कौन गिनेगा?

वी. के. बालान्जिनप्पा

राकेश : ऐसा मत बोलो, श्री राम जी बहुत तेज आदमी हैं, बाद में तुमने ऐसा किया यह जान जाएंगे तो तुमको नंगा करके इसी चौक में, सौ बार नचवाएंगे।

रंजन : ये सभी मैं आज ही सुन रहा हूँ। अपने सम्मान के लिए, अपने ही माला खरीदवा कर दूसरों के हाथों से पहनने का मजा ।

श्रीधर : धत् तेरी ! तुमको तो राजनीति का A.B.C.D. भी नहीं मालूम.| तुम अभी राजनीति में एकदम बच्चा हो बच्चा। अरे, ये बैनर हैं ना? ये बैनर भी श्री राम जी ने खुद बनवाया, हमारे संस्था का नाम डलवाया। इसी तरह बीस – तीस बैनर बनवाया दूसरे दूसरे संस्थानों के नाम से, और रास्ते में बाँधने को कहा हैं। अपना बड़प्पन दिखाने के लिए,अपने पैसे से दूसरी दूसरी संस्थाओं को फूलमाला पहनाने को बोलता हैं, सारे शहर में, गली-गली में रास्ते पर और दीवार पर भी *"श्री राम जी जिन्दाबाद..... श्री राम जी जिन्दाबाद....* "लिखने के लिए हजारों-हजार रुपये वो खर्च किए हैं। उनका भाषण सुनने के लिए, लोगों को इकट्ठा करने के लिए भी पैसा दिया हैं, और देहात क्षेत्रों के लिए दस गाड़ियाँ भी भेजा हैं, लोगो को लाने के लिए। जानते हो?

रंजन : ऐसी गंदी राजनीति क्यों करना ?

श्रीधर : तुम्हारे जैसे आदमी लोगों को मूर्ख बनाने के लिए

पप्पा.... राजनीति छोड़ दीजिए

राकेश : *(अपने पॉकेट से एक कपड़ा निकाल कर दिखाता है, उसमें चार बंदरों के चित्र हैं। एक बंदर आँख, एक बंदर कान, एक बंदर मुँह बंद करके बैठा है और चौथा बंदर अपने हाथ में जंजीर पहनकर बैठा है)* ये देखो चित्र...!

रंजन : ओह ! महात्मा गाँधी जी ने बताया वो बंदर .... पर वो तो ठीक है; पर उसमें तीन ही बंदर हैं, इसमें चार ! कैसे हो गये?

राकेश : अच्छा ....! तुम लोगों ने जो देखा, हमारे पूज्य महात्मा गाँधी के बताए गये उन तीन बंदरों का मतलब बताओ?

श्रीधर : मैं बताता हूँ .... बुरा नहीं देखना, बुरा नहीं सुनना, बुरा नहीं बोलना परन्तु इस चौथे बंदर का मतलब मैं नहीं जानता हूँ।

राकेश : तुमलोग कुछ भी बोलोगे, आज के दिन में, वो एकदम गलत है।

श्रीधर : क्या गलत है ?

राकेश : आज के दिन में, कुछ नेता लोग और सबलोग, नहीं-नहीं सब लोग नहीं, बहुत लोग हमें क्या सिखाते हैं ? सच को नहीं देखना, सच को नहीं सुनना, सच को नहीं बोलना और किसी का भी भला नहीं करना। क्यों ?करने

वी. के. बालान्जिनप्पा

से तुम्हीं को आफत होगी, तुम ही फंस जाओगे, बाद में तुमको मदद करने वाला कोई भी नहीं रहेगा।

रंजन : श्रीधर : *(दोनों एक साथ)* कैसे ? कैसे ??

राकेश : देखो, उदाहरण के लिए, रास्ते में एक्सिडेंट हो जाता है, एक आदमी तड़पते-तड़पते गिरा है, खून से लथपथ है। लेकिन कोई भी मदद करने को नहीं जाता है, क्यों ? और एक उदाहरण, किसी के सामने हत्या हो गयी, या अत्याचार हुआ। जिस आदमी ने देखा है, वह थाना में रिपोर्ट नहीं करता है। क्यों ? क्योंकि, एक-एक बार ऐसा हो जाता है कि थाना में कुछ गलत पुलिस वाले लोग कहते हैं: *"ये एक्सिडेंट किसने किया ? ये हत्या या अत्याचार किसने किया ?... कहाँ हैं वो लोग ? तुम वहाँ क्या कर रहे थे ? साला हमको ऐसा लगता है ! ये सब तुम ही किए होगे और बचने के लिए तुम्हीं रिपोर्ट करने आये हो"*– कहकर? वह जो रिपोर्ट करने गया? उन्हीं को फँसा देगा। इसलिए आज के दिन में किसी का भला करने नहीं जाना है। जानते हो? तुमलोगों को जिन्दगी में और भी बहुत कुछ सीखना बाकी है ।

श्रीधर : वो तो ठीक है, आज स्वतंत्रता दिवस है; श्री राम जी को क्यों सम्मान करना है ? इतना बैनर, इतना धूमधाम करने की क्या जरूरत है ?

राकेश : देखो, पहली बात यह है कि, इन ऑर्गनाइजर लोगों को कोई भी अच्छा व्यक्ति मुख्य अतिथि के लिए नहीं मिला

पप्पा.... राजनीति छोड़ दीजिए

और भी इन सारे प्रोग्राम करवाने के लिए श्री राम जी ने अपना पैसा दिया है। इन शैतान ऑर्गनाइजर लोगों को और क्या चाहिए? बताओ?

रंजन : श्रीरामजी – धूर्त कहीं का ! अपना नाम, श्रीराम रख लिया वरना मैं उनको बहुत गाली देने वाला था। ये Cheap Mentality, Cheap Popularity क्यों चाहिए बोलो ?

राकेश : अरे पागल कहीं का ! एलेक्शन नजदीक आ गया है, इसलिए । *(श्री राम जी का नारा)* अरे....! आ गया शैतान..... इतना जल्दी, बाँधो-बाँधो.

(वंदनवार को राकेश और रंजन पकड़कर खड़ा हो जाते हैं, कुछ लोग झंडा पकड़कर आते हैं...... उनके पीछे जयकार ! श्रीराम जी का आगमन..... श्रीराम जी के वेश में विवेक है।)

अनिता : श्रीराम जी की

सबलोग : जय !

अनिता : श्री राम जी की !

सबलोग : जय !

अनिता : श्रीराम जी की

सबलोग : जय !

वी. के. बालान्जिनप्पा

अनीता:   जिन्दाबाद.... जिन्दाबाद.....

सब्लॉग :   श्री रामजी..... जिन्दाबाद।

(एक व्यक्ति झण्डोत्तोलन करने के लिए श्रीराम जी को आमंत्रित करता है। झण्डोत्तोलन के बाद.... राष्ट्रीय गान होता है, भारत माता की जय......! दो तीन लोग फिर माला डालते हैं)

व्यक्ति 1 :   अब हमारे मुख्य अतिथि श्री रामजी का भाषण !

श्रीराम जी: *(अपनी टोपी, गला और माइक को संभालते हुए)* ..... माननीय आयोजक गण ! महिला मंडल की महासचिव अनिता रानी जी ! उपस्थित प्यारे मित्रों.... मेरे प्यारे भाइयों एवं बहनों, आज पुण्य पवित्र स्वतंत्रता दिवस है। हमारे पवित्र भारत के इस तिरंगे झण्डे को हरेक विद्यालय में; हरेक कचहरी पर, गली-गली में, कोने-कोने में आकाश की ऊंचाइयों में फहरा रहे हैं; बहुत गर्व की बात है...... इस तिरंगे झंडे को पाने के लिए हजारों लाखों लोगों ने अपने तन-मन-धन का त्याग किया। अनेक लोग बलिदान हुए हैं, टीपू सुल्तान, भगत सिंह, झांसी की रानी लक्ष्मी बाई, कित्तूर चेनम्मा, सरदार वल्लभ भाई पटेल, चंद्रशेखर, कीर्ति आजाद, महात्मा गांधी जैसे महान्-महान् व्यक्तियों का त्याग और बलिदान का प्रतिफल है। यह तिरंगा झंडा........ आज उसकी रक्षा करना हमारा पवित्र कर्त्तव्य है; हम नेता

23

पप्पा.... राजनीति छोड़ दीजिए

लोग क्या कर रहे हैं? केवल भाषण दे रहे हैं....... भाषण से पेट भरता है क्या ? हमें अपने पड़ोसियों का, दीन - दलितों का उद्धार करना है; देखिए मुझे आपलोगों ने इतनी मालाएँ डाले हैं... क्यों? इतनी माला डालने की क्या जरूरत थी..? मुझे चाहिए, आपका प्यार, आपका विश्वास, आपका सहयोग..... इतना ही बस, इसी फूल-माला के खर्च से, एक गरीब परिवार को दो दिन का खाना मिल जाता। इसलिए, मैं आपसे हाथ जोड़कर प्रार्थना करता हूँ; आपलोग कभी ऐसे पैसा बर्बाद न करें, हम सब भाई-बंधु लोग हैं; आपका खून मेरा खून है। आपका दर्द-मेरा दर्द है।आज हमारे भारत में हजारों-हजार समस्याएँ हैं। पहले उनको मिटाना है; देश की रक्षा करनी है; हमारी जन्मदात्री भारत माता की कीर्ति युग युगांतर में फहराना है; आपको जो मदद चाहिए सीधे मेरे पास आइए मेरे

वी. के. बालान्जिनप्पा

घर पर आपका स्वागत है, मेरा घर का दरवाजा और मेरा दिल का दरवाजा, आपका सदा स्वागत करता है। हमें पूज्य बापूजी के राम राज्य का स्वप्न सिर्फ देखना नहीं है, पूरा करके दिखाना है। देश के लिए जीएंगे के लिए मरेंगें। इसी प्रतिज्ञा के साथ.... इसी संकल्प के साथ मैं अपनी वाणी को विराम देता हूँ। जय हिन्द....! जय भारत....! जय झारखण्ड....!! आप सब लोग मिलकर एक बार जोर से बोलिए.... भारत माता की ....

सबलोगः   जय...।

(लाइट ऑफ)

दृश्य समाप्त

पप्पा.... राजनीति छोड़ दीजिए

(दृश्य-3)

(श्रीराम जी, उनकी पत्नी एवं अनिता रानी वार्तालाप कर रहे है, बीच-बीच में चाय-पानी-नास्ता....)

अनिता : श्रीराम जी ! आप की पत्नी बहुत अच्छी हैं। Well educated भी हैं.... इन्हें भी राजनीति में आने को बोलिए ना?इनको हमारे आदर्श महिला मंडल का अध्यक्ष बना देंगे।

श्रीराम जी :जरूर.... जरूर... अनिता जी! मुझे भी बहुत खुशी है, लेकिन ये नहीं मानती है ना, मैं क्या करूँ.... इनको इस चारदीवारी के बीच ही रहने का मना करता है। मैं भी बोलता हूँ औरतों को आगे आना चाहिए और समाज के बीच में चार व्यक्तियों से मिलने पर दिमाग भी खुलता है, ज्ञान भी बढ़ता है लेकिन मेरी बात ही नहीं सुनती। मैं क्या करूँ अनिता जी?

अनिता : *(श्रीराम जी की पत्नी की ओर देखकर)* ऐसा मत बोलिए लक्ष्मी जी! आप बहुत पढ़ी-लिखी हैं, हमसे ज्यादा नॉलेज भी आपको है, आप इस तरह घर में बैठिएगा तो कैसे होगा? आज की महिलाएँ कितना आगे बढी हैं। और बढ़ रही हैं, आप नहीं जानती क्या? घर में बैठने से इस समाज का उद्धार कैसे होगा? हम स्त्रियों का उद्धार कैसे होगा?

वी. के. बालान्जिनप्पा

श्रीराम जी : हाँ...... अनिता जी ! मैं भी वही बोलना चाहता हूँ इनको, स्त्रियों का उद्धार, समाज का उद्धार, झांसी की रानी लक्ष्मी बाई, सरोजनी नायडू, मुमताज बेगम, किन्तूर चेनम्मा, ओह! पुराने जमाने की बात छोड़िए , आज के दिन में पुलिस अधिकारी आई.पी.एस किरण बेदी, सुनीता विलियम्स, पीटी उषा लता मंगेशकर, कल्पना चावला, मदर टेरेसा, ऐश्वर्या राय, सोनिया गाँधी, हमारी पूर्व राष्ट्रपति महामहिम श्रीमती प्रतिभा पाटिल जी, कर्णम मल्लेश्वरी, सुमित्रा महाजन और स्मृति ईरानी जैसे अनेक क्षेत्रों में आज की महिलाएँ चमक रही है। इसलिए मैं कहता हूँ महिलाओं को आगे आना चाहिए।

अनिता : अरे .... आपके पति कितने अच्छे हैं; आपके लिए कितना एनक्रेजमेंट करते हैं। लेकिन आप क्यों इसका उपयोग नहीं कर रही है। मेरे पति अगर इतना करते तो मैं कितनी दूर गई होती। मेरी बात सुनिए! आप मेरे साथ राजनीति में आए।

श्रीराम जी : देखिए, महिला की समस्या महिला ही समझ सकती है और दूसरों को समझा सकती है। आज के दिन में कैसी कैसी समस्याएँ आप महिला लोगों के समक्ष है।

अनिता : आप सच बोल रहे हैं श्रीरामजी ! अंधविश्वास, अशिक्षा, बेरोजगारी, दहेज प्रताड़ना, कन्या भ्रूण हत्या, कार्यालय में महिलाओं का शोषण, अत्याचार, ये सभी बहुत दुःख के विषय बन गये हैं, इससे मुक्ति कैसे मिलेगी? कब मिलेगी?

पप्पा.... राजनीति छोड़ दीजिए

श्रीराम जी :हाँ...! इसलिए, मैं कहता हैं कि आपकी जैसी सभी महिलाओं को आगे आना चाहिए। अन्याय के विरूद्ध लड़ना चाहिए। जब आप लोगों का उद्धार होगा तभी देश का उद्धार होगा और उसी से ही पुरूष वर्ग का भी उद्धार होगा। आप भी जानते हैं ना? एक अंग्रेजी कहावत : Behind every successful man, there is a woman.

अनिता : आप एकदम ठीक कहते हैं श्रीराम जी ! देखिए लक्ष्मी जी ! आपको हमारे साथ आना ही होगा, इस समाज के लिए, इस देश के हित के लिए, हम महिला लोगों को कुछ कर के दिखाना ही पड़ेगा। अरे! आप भी कुछ बोलिए ना ! क्यों चुपचाप बैठी हैं?

लक्ष्मी : मैं क्या बोलूँ!

अनिता : आपको इस राजनीति में आने की इच्छा है या नहीं? पहले आप ये बताये ।

लक्ष्मी : मुझे इच्छा है। परन्तु मेरे हाथ में क्या है ? सबकुछ मेरे पति पर ही निर्भर है।

अनिता : अरे! आपके पति ही न बोल रहे हैं, आप जरूर मान जाइए।

लक्ष्मी : अच्छा ! सोचेंगे।

वी. के. बालान्जिनप्पा

अनिता : सोचेंगे नहीं, जरूर आपको हमारे 'आदर्श महिला मंडल' में हिस्सा लेना ही पड़ेगा।

लक्ष्मी : मेरे पति के मान लेने से मुझे कोई एतराज नही।

श्रीराम जी :अरे!.... मैं बोल रहा हूँ ना ? तुम क्यों हिचकिचाती हो ? जब महिला पर्दे से बाहर आती है; तो देश का विकास भी होता है। तुम्हारे आगे आने पर मेरे लिये भी गर्व की बात होगी ना ?

लक्ष्मी : ठीक है अनिता जी ! मैं तैयार हूँ।

अनिता : मैं बहुत खुश हुई। इस खबर को मैं अपनी महिला मंडल के सदस्यों को सुना दूँगी। आप हमारा ऑफिस जानती हैं ना ? वहीं अपर बाजार हनुमान मंदिर के बगल में।

लक्ष्मी : हाँ .... जानती हूँ।

अनिता : आज शाम छः बजे आजाइएगा। मैं आपका इंतजार करूँगी। अच्छा, मैं जाती हूँ। नमस्ते ! *(लक्ष्मी, श्रीराम जी प्रणाम करते हैं। अनिता रानी चली जाती है)*

श्रीराम जी :*(पत्नी को)* ए.... लक्ष्मी ! मैंने तुम्हारे बारे में कभी नहीं सोचा था। तुम इतनी जल्दी बदल जाओगी।

लक्ष्मी : मैंने क्या किया जी ?

श्रीराम जी :वो शैतान औरत अनिता रानी ने तुमको अध्यक्षा बनाएगीं बोल दिया .... बस.... तुम्हारा दिमाग घूम गया।

29

लक्ष्मी :   अब क्या हुआ जी ?

श्रीराम जी :अभी कुछ भी नहीं हुआ, लेकिन होगा। अरे ! मैं ही राजनीति कर रहा हूँ। सोचा था पर तुम मुझसे डबल राजनीति करती हो।

लक्ष्मी :   अब मैंने क्या राजनीति किया जी ?

श्रीराम जी :मैं कितनी बार बोला हूँ, औरत लोगों को इस गंदी राजनीति में नहीं आना चाहिए।

लक्ष्मी :   अरे! अभी आप ही न बोले थे जी ! महिला लोगों को आगे आना चाहिए। महिला का उद्धार – देश का उद्धार। उस औरत के सामने बड़ा- बड़ा भाषण दिये.... महिलाओं को चारदीवारी से बाहर आना है। बाहर आने से दिमाग खुलता है, ज्ञान बढ़ता है।

श्रीराम जी :हाँ ....! बोला था, लेकिन वो बात दूसरी महिलाओं के लिए तुम्हारे लिए नहीं है। हाँ तुम टी०वी० में फैशन शो देखती हो न? उस फैशन शो में Design-Design से अपने शरीर का प्रदर्शन करती हुई आती हैं सुन्दरियाँ। उनका अंग-अंग देख के, लोग ताली बजाते हैं, प्रशंसा करते हैं। Wonderful, Excellent, Marvelous, Beautiful कहता है। वहीं अपनी बीबी या बेटी या अपनी बहन जब ऐसे ड्रेस पहनती हैं तो उन्हें जूता से मारा जाता हैं। जानती हो तुम ? घर में बैठकर तुम्हारा

वी. के. बॉलान्जिनप्पा

दिमाग इतना तेज है तो बाहर जाने के बाद तुम्हारा दिमाग और कितना तेज होगा? तुम औरत! बाहर राजनीति करने के लिए जाने से मैं घर में बैठकर पकौड़ी छानूँगा क्या ?

लक्ष्मी : ऐसा सोचने वाला आदमी, उस औरत के सामने बोल देना था कि मैं अपनी बीबी को कहीं नहीं भेजूँगा। आप कितना जुबान बदलते हैं जी?

श्रीराम जी :हाँ.! मैंने जुबान बदली हैं; बीबी को नहीं बदला है ना.....? यही तुम्हारा सौभाग्य है। सोचो। घर में पति बच्चों को देखना सीखो, इस महिला समाज, राजनीति सबको गोली मारो।

लक्ष्मी : वो औरतें जो राजनीति कर रही हैं; उनके पति-बच्चे मर गये हैं क्या?

श्रीराम जी :ऐ लक्ष्मी! तुम मछली बेचने वाली औरत की कहानी जानती हो ना?

लक्ष्मी : *(गुस्सा से)....* क्या कहानी ?

श्रीराम जी :मछली बेचने वाली औरत के आधा घंटा हमारे बीच बैठकर जाने के बाद में भी मछली की दुर्गन्ध आती रहती है; इसलिए, वो राजनीति करने वाली शैतान अनिता रानी ने दस मिनट में तुम्हारे दिमाग को Hypnotism कर लिया है...... तुम मुझसे कैसे-कैसे प्रश्न

पप्पा.... राजनीति छोड़ दीजिए

पूछती हो? तुम वो शैतान औरत की बात सुनकर दस मिनट में ही इतना राजनीति बोलने वाली, बाद में मेरा कॉलर पकड़ कर उठ-बैठ करवाने लगोगी। नीच औरत!... अंदर जाओ..... *(लक्ष्मी अंदर जाने लगती है उससी समय श्रीराम जी उससे बुलाता है)* .... हाँ, सुन लो। जब बेटा आएगा तब उसको पकड़ कर सीता माता के जैसा मत रोना और उसके दिमाग में इस बाप के विरूद्ध जहर मत डालना - समझी ? बेवकूफ औरत, राजनीति करना चाहती है-राजनीति । ...जाओ अंदर। *(लक्ष्मी फिर से अंदर जाने लगती है उससी समय श्रीराम जी उससे दोबारा बुलाता है)* हाँ ! और भी सुन लो, इस बार उस औरत के आने से तुम्हारा तबीयत ठीक नहीं है बोल दो। मेरा पति मना कर रहा है मत बोलना..... समझी, पगली कहीं की...... जाओ अंदर ।

लक्ष्मी : हूँ. *(गुस्सा से अंदर जाने की कोशिश करती हैं)*

श्रीराम जी :अरे...! सुनो, इधर आओ...

लक्ष्मी : और क्या ?

श्रीराम जी :क्यों इतना गुस्सा दिखा रही हो ? मेरे सामने गुस्सा दिखाने से तुम्हारी जिंदगी चौपट हो जाएगी.... समझ लो!

वी. के. बालान्जिनप्पा

लक्ष्मी : *(गुस्सा से)* अभी मेरा क्या उद्धार हुआ है; आपसे शादी करके ?

श्रीराम जी :ज्यादा बकवास मत करो, ये सब ग्लास लेकर अंदर जाओ, नालायक औरत । इन औरत लोगों को कहाँ रखना है; उधर ही रखना है; थोड़ा अधिकार देने से, यही होता है। ले जाओ ये सभी। *(गुस्सा से लक्ष्मी गलास प्लेट लेकर चली जाती है)*

श्रीराम जी : *(दर्शकों को देखकर)* sorry मैंने कुछ ज्यादा ही बोल दिया क्या, बीबी के पास ?

(आँख मटकाकर खड़ा होता है)

(लाइट ऑफ)

दृश्य समाप्त

पप्पा.... राजनीति छोड़ दीजिए

(दृश्य – 4)

(मंच पर प्रकाश होता है..... श्रीराम जी समाचार पत्र पढ़ रहें
है लक्ष्मण का प्रवेश........)

श्रीराम जी : आओ...... आओ! लक्ष्मण, क्या हुआ रे ? आजकल
इधर आना एकदम छोड़ दिये हो ?

लक्ष्मण :   थोड़ा काम में व्यस्त हो गया था, भईया।

श्रीराम जी : व्यस्त हो जाने से बड़े भाई को भूल जाना है क्या ?
कल यदि तुम मंत्री बन जाओगे तो अपनी बीबी को
भी भूल जाओगे ?

लक्ष्मण :   नहीं भईया ! गुस्सा मत किजिए।

श्रीराम जी : अरे लक्ष्मण ! हमदोनों एक ही माँ के बेटे हैं और नाम
भी राम और लक्ष्मण है, फिर हमदोनों के अलग अलग
होने से कैसे होगा ?

लक्ष्मण :   वही बात तो मैं भी पूछने आया था भईयाः एक ही माँ
के बेटे हैं हम दोनों । राम - लक्ष्मण हमें एक ही साथ
रहना चाहिए था ना?

श्रीराम जी : हाँ अवश्य रहना चाहिए। कौन बोलता है नही रहना
चाहिए ?

34

वी. के. बालान्जिनप्पा

लक्ष्मण : फिर...आप जनतंत्र पार्टी में हैं, और मैं समाज सेवा पार्टी में ऐसे कैसे होगा ? एक काम कीजिए भईया, आप मेरी पार्टी में आ जाइए या मैं आपकी पार्टी में आ जाता हूँ।

श्रीराम जी : तुम्हारा दिमाग तो ठीक है न रे ?

लक्ष्मण : क्यों भईया ? सबलोग हमें देखकर हँसते है।

श्रीराम जी : अरे ...हँसने दो.. हँसने दो ।

लक्ष्मण : यह अच्छा भी तो नहीं लगता कि – एक भाई एक पार्टी में है; और दूसरा भाई दूसरी पार्टी में ?

श्रीराम जी : अरे पगला ! यही तो राजनीति है: देखो, समाज सेवा पार्टी के सत्ता में आने से तुम POWER में रहते हो और जनतंत्र पार्टी के सत्ता में आने से मैं POWER में रहता हूँ। दोनों तरफ से तो, हम ही को फयदा है न ?

लक्ष्मण : पर हमें देखकर सबलोग तो हँसते हैं न भईया ?

श्रीराम जी : हँसने दो ! हँसने वाले लोग हमको पैसा देते हैं क्या ? देखो, बाहर में हम दोनों दुश्मन की तरह रहेंगे और घर में एक ही थाली में भोजन करेंगे: और..... तुम राजनीति में अभी आये हो और राजनीति करते-करते मेरे बाल पक गये हैं। इसलिए तुम समाज सेवा पार्टी में रहो : मैं जनतंत्र पार्टी में रहता हैं; सच बोलने से –

पप्पा.... राजनीति छोड़ दीजिए

हमको कोई पार्टी नहीं चहिए। देश का उद्धार करने के लिए पार्टी मुख्य नहीं है: देशप्रेम मुख्य है, उसी का आज के समय में अभाव है।

लक्ष्मण : आप सच बोलते हैं भईया ! देश के लिए भी कुछ करना है।

श्रीराम जी : अरे पहले तुम अपने बीबी – बच्चों को देखो! बाद में देश को देखना : देश के लिए मरने वाले लोग बहुत हैं: हमारे - तुम्हारे बाल-बच्चों को देखने वाला कोई है क्या ?

लक्ष्मण : आप सच बोलते हैं भईया।

श्रीराम जी : मैं हर समय सच ही बोलता हूँ; क्योंकि मैं श्रीराम हूँ ना?

लक्ष्मण : अच्छा मैं चलता हूँ भइया !

श्रीराम जी : क्यों इतनी जल्दी में हो ?

लक्ष्मण : थोड़ा डी० सी० के पास जाना है। भइया ! यह डी० सी० मुझे बहुत तंग कर रहा हैं।

श्रीराम जी : डी० सी० तुमको तंग नहीं कर रहा है बल्कि तुम डी० सी० को तंग कर रहे हो ?

लक्ष्मण : वो कैसे भइया ?

वी. के. बालान्जिनप्पा

श्रीराम जी : अगर अपने धंधे को ईमानदारी से कारोगे तो वो डी० सी० क्यों तंग करेगा भला ?

लक्ष्मण : करने दीजिए - करने दीजिए... मैं High Level तक जाऊँगा। High Command तक जाऊँगा। उधर ही, किसी को पैसा फेकूंगा   बाद में ये डी० सी० का ट्रांसफर ।

श्रीराम जी : *(कान बंद करके)* हे राम !.. ईमानदार व्यक्तियों को भी आपलोग नहीं छोड़ोगे, अच्छा मजा करों; भगवान तुम्हारा भला करे ।

लक्ष्मण : भईया, और एक बात, शहर के बड़े रिंग रोड का ठेका मंत्री जी को बोलकर, हमको दिलवा दीजिए भईया ! उस रास्ते पर बहुत लोगों की नजर है। बहुत competition हो गया है।

श्रीराम जी : वो तो ठीक है। तुमको ठेका दिलाऊँगा तो मुझे क्या मिलेगा ?

लक्ष्मण : भईया, आपको भी कमीशन चाहिए क्या ?

श्रीराम जी : फिर, मैं इंसान नहीं हैं क्या ? मेरे बीवी – बच्चे नहीं हैं क्या ? तुम मर्गी खाओगे तो मुझे कम से कम अंडा तो मिलना ही चाहिए ना? मुझे भी थोड़ा कमीशन दोगे कि नहीं।

लक्ष्मण : ठीक है भईया। आपको 5 प्रतिशत दे दूंगा क्योंकि ऑफिसर, इंजीनियर और लोगों को भी तो देना पड़ता है। :

श्रीराम जी : एक काम करों, अगले सप्ताह, अपनी बेटी का बर्थडे मनाओ। मै मंत्री जी को बर्थडे में तुम्हारे घर लाऊँगा।

लक्ष्मण : लेकिन भईया, मेरी बेटी का जन्मदिन दिसम्बर में है ना ?

श्रीराम जी : अरे पगला ! मंत्री जी या बड़े-बड़े लोगों को घर बुलाने के लिए एक बहाना चाहिए। बेटी का बर्थडे, माँ की पुण्यतिथि, बाप का दहन संस्कार, पोती का मुँहजुट्टी ये सब खोज कर रखना है। तुम, यह सब नहीं जानते हो ? अगले सपताह मंत्री जी को तुम्हारे घर लाउँगा। पार्टी थोडी जबरदस्त होना चाहिए। ठीक है ना ?

लक्ष्मण : अच्छा भईया, मैं जा रहा हूँ, प्रणाम !

(श्रीराम जी फिर समाचार पत्र पढ़ते है; उनके चेले आदिशेष का आगमन)

आदिशेष : नमस्ते सर!

श्रीराम जी : नमस्ते.......... अरे पगले, तुम कहाँ मर गये थे रे ?

वी. के. बालान्जिनप्पा

आदिशेष : नल में दो दिनों से पानी नहीं आ रहा था सर, इसलिए नहाकर आने में देर हो गयी।

श्रीराम जी : उल्लू कहीं का, तुम्हारा जिंदगी में कभी उद्धार नहीं होगा रे।

आदिशेष : क्यों सर ?

श्रीराम जी : देखो जिंदगी में आगे आना है तो नास्ता, खाना, नहाना, रोटी-ब्यूटी सभी भूल जाना, पहले अपना काम देखना है ।

आदिशेष : सॉरी सर !

श्रीराम जी : साला ये अंग्रेज लोग हमारे देश को पूरा लूटने के बाद सॉरी और थैंक्यू शब्द ओ छोड़ कर चले गये और हमारे देश के लोंगो ने अपनी सम्पत्ति को छोड़ कर सॉरी और थैंक्यू शब्द को पकड लिया।

आदिशेष : अब क्या हुआ सर ?

श्रीराम जी : देखो, अगर मेरी बीबी मेरे साथ नहीं हो तो मुझे कोई दिक्कत नहीं है, लेकिन तुम नही रहते हो ना तो मैं पागल बन जाता हैं। अगर मैं मंत्री बन जाऊँगा तो बेटा तुम्ही को अपना पी० ए० बनाऊँगा।

आदिशेष : थैंक्यू सर !

पप्पा.... राजनीति छोड़ दीजिए

श्रीराम जी : फिर थैंक्यू बोलता है, साला ए थैंक्यू, सॉरी शब्द से मुझे बहुत एलर्जी होगया है; अगर हिन्दी में धन्यवाद बोलोगे तो सुनने में कितना आनंद आता है; जानते हो?

आदिशेष : धन्यवाद सर । सर, मुझे एक doubt है: ये नेता कैसे बनते है ?

श्रीराम जी : क्यों, तुम्हें भी नेता बनना है क्या ?

आदिशेष : ना बाबा ना, मैं कभी नेता नहीं बनूँगा, आप हमारे नेता हैं। मैं आपके पीछे रहूँगा, बस ।

श्रीराम जी : फिर क्यों पूछ रहे हो ?

आदिशेष : अरे ! आज-कल गली-गली में सात-आठ नेता पैदा हो गये हैं, मुझे बहुत आश्चर्य होता है की वे लोग ऐसे नेता कैसे बन गए हैं।

श्रीराम जी : देखो बेटा, हमारे देश में नेता बनना बहुत आसान है। किसी भी जाति-धर्म का प्रश्न उठाओ, हँगामा मचाओ और नहीं तो किसी मंत्री ने कुछ भी बोल दिया तो उसका उल्टा अर्थ बना लो, हँगामा मचाओ और अगर कुछ भी ना मिले तो बिजली की समस्या, पानी की समस्या, बेरोजगारी, किसानों को प्रॉबलम, रिजर्वेशन

40

वी. के. बालान्जिनप्पा

सिस्टम जैसे कोई एक नारा पकड़ो, जुलूस निकालो, मंत्री लोंगो का पुतला फूँको बस दूसरे ही दिन से तुम बन जाओगे नेता। यदि वह भी पसंद ना आये तो कहीं भी मूर्ति तुड़वा दो, मंदिर के सामने गौमांस का बड़ा टुकड़ा फेंक दो और शोर मचा दो कि उसमें मुसलमानों का हाथ है या कोई मुसलमान दोस्तों को पकड़ो और मस्जिद में पत्थर फेंकवा दो, दोस्तों के जरिये गिरजा में पत्थर फेंकवा दो और हंगामा मचा दो, दंगा फैला दो, फिर जुलूस निकालो । स्टूडेन्ट लोगों को भड़का दो, और फिर अखबार में बड़ा-बड़ा स्टेटमेंट दे दो....... बाद में देखलो मजा, तुम भी एक बड़ा नेता बन जाओगे। इस तरह ढूंढने से हजार रास्ते मिल जाएगा नेता बनने के लिए।

आदिशेष : आप कौन सा रास्ता पकड़े थे सर!

श्रीराम जी : अरे शैतान कहीं का ! बदमाश कहीं का.... मुझ ही को पीछे से उल्टा लात मारने लगे हो क्या? ज्यादा होशियारी मत बनो। ये सभी गंदी राजनीति है। ये सब मैं कभी नहीं करता हूँ ।

(नेता -शर्मा जी का प्रवेश)

शर्मा जी : नमस्ते श्रीराम जी .... *(श्रीराम जी के Mobile में Call आता है। थोड़ी देर बात करता है)*

पप्पा.... राजनीति छोड़ दीजिए

श्रीराम जी : धत तेरी के, मंत्री लोग मेरा जान खाते रहता है, Meeting में क्या बात करना है, कौन - कौन से समस्या विधानसभा में उठाना है, अगले चुनाव में किसको टिकट देना है, बाप रे बाप, मेरा खाना-पीना सब हराम कर दिया है। उतना PA लोग हैं, उतना Secretary लोग हैं, उतना IAS ऑफिसर हैं, पर मुख्यमंत्री जी मुझे ही ढूँढ़ते हैं सलाह लेने के लिए। मेरे पास ऐसी कौन सा विशेष गुण है, जिसके कारण सब लोग मेरे पीछे पड़ा रहता हैं।

आदिशेष : सर ! आप खुद को कम मत समझिए, आप उस चाणक्य से कम नहीं हैं। उस चाणक्य ने अर्थशास्त्र लिखा लेकिन आप अर्थशास्त्र, व्यर्थ-शास्त्र, शस्त्र-शास्त्र, नीति-शास्त्र, अनीति-शास्त्र सब मे आप पारंगत हैं।

श्रीराम जी : ओ! शर्मा जी, नमस्ते- नमस्ते । आइए आइए, बैठिए!

शर्मा जी : मैं बैठने के लिए नहीं आया हूँ , श्रीराम जी !

श्रीराम जी : फिर ! मेरा मर्डर करने के लिए आए हैं क्या ?

शर्मा जी : मैं मर्डर करने नहीं आया; मर्डर तो आप कर रहे हैं श्रीराम जी; वो भी सोने के चाकू से, छाती पर प्रहार करके !

42

वी. के. बालान्जिनप्पा

श्रीराम जी : मर्डर करने से अभी तक जिन्दा कैसे हैं ?

शर्मा जी : देखिए श्रीराम जी! आपको मजाक लगता है, लेकिन मैं सच मे मरने के जैसा हो गया हूँ।

श्रीराम जी : ऐसा है तो डॉक्टर के पास जाना था; इधर क्यों आए?

शर्मा जी : फिर आप मजाक कर रहे हैं; मुझे अच्छा नहीं लगता है।

श्रीराम जी : अरे ! नाराज मत होइए शर्मा जी..... आप छोटी-छोटी चीजों के लिए बहुत सीरियस हो जाते हैं; थोड़ी शांति से सहन करना भी चाहिए।

शर्मा जी : कहाँ मेरा मन शान्त हो सकेगा ? चुनाव भी नजदीक आ गया है आप भी हमारे जनतंत्र पार्टी में रहते हुए; अपने छोटे भाई के साथ मिलकर समाज सेवा पार्टी को सपोर्ट कर रहे हैं, ऐसा मुझे सुनने को मिला।

श्रीराम जी : शर्मा जी, मुझे ऐसा लगता है; आप अपनी बीबी को भी विश्वास नही करते हैं।

शर्मा जी : क्यों........? कैसे.......

श्रीराम जी : मैं समाज सेवा पार्टी को सपोर्ट करता हूँ कौन बोला ? देखो इधर *(छाती के पास दिखाता है, उधर जनतंत्र पार्टी का badge रहता है)* देखो जनतंत्र पार्टी की

43

पप्पा.... राजनीति छोड़ दीजिए

जगह यह जनतंत्र पार्टी मेरा हृदय है; मेरा श्वास जनतंत्र पार्टी है; जानते हैं? ऐ आदिशेष ! शर्मा जी को बताओ मैं जनतंत्र पार्टी से कितना प्यार करता हूँ ।

आदिशेष : शर्मा जी, आपने बहुत बड़ी गलती करदी, हमारे नेता श्रीराम जी...... भगवान श्रीराम के जैसे ही हैं; एक ही आदर्श, एक ही जुबान... एक ही पार्टी । वे जनतंत्र पार्टी को कितना प्यार करते हैं; जानते हैं ? रात में सोने के समय भी जनतंत्र पार्टी का badge छाती से लगा कर सोते हैं।

श्रीराम जी : अभी मेरा छोटा भाई आया था। कह रहा था भइया हमारे समाज सेवा पार्टी में आजाइए । मैंने कहा नीच कहीं का, जूता से मारूँगा। मेरा अपना भाई नहीं होता तो मैं मार भी देता । अभी इस समय मेरे पीछे तीस-चालीस हजार वोटर्स हैं, उन लोगों को छोड़ के भाई की बात सुनकर समाज सेवा पार्टी में चला गया तो मेरे सारे वोटर्स मुझे जूतों से नहीं मरेगा क्या ? आपलोगों के कान में कौन शैतान लोग झूठ – मूठ की बातें डाल देते हैं समझ में नही आता ?

शर्मा जी : आजकल ये वोटर लोग भी बहुत चालाक हो गये हैं। लास्ट मोमेंट में पैसों के लिए दूसरों को वोट दे देते हैं।

वी. के. बालान्जिनप्पा

आदिशेष :	हाँ, शर्मा जी ! वो साइकिल छाप वाले भी आये थे, और बोल रहें थे की कितना पैसा चाहिए, बोलिए देते हैं; लेकिन किसी भी हाल में हमारी ही पार्टी जीतनी चाहिए। सोच लिजिए। कल आएँगे बोलकर गये हैं।

शर्मा जी :	अरे! आपको हमारी मदद करनी है।

श्रीराम जी :	फिर मैं किसको मदद कर रहें हैं ?

आदिशेष :	देखिए, चुनाव का मतलब है पैसा खर्च करना । अगर आप पैसा नहीं देंगे तो दूसरे पार्टी के लोग वोटर्स को खरीद लेंगा ।

श्रीराम जी :	ऐ - आदिशेष, क्या बोलते हो, मैं पैसा देकर वोट माँगूँगा क्या?

आदिशेष :	सर..... आप जानते हैं; परंतु आज के दिन में रावण का परिवार, दुनिया में ज्यादा हो गया हैं; सत्य धर्म बोलते रहने से हमारी बीबी भी हमें वोट नहीं देगी।

श्रीराम जी :	हमलोग हार जाएँ तो भी ठीक है; पर मैं ऐसा गन्दा काम कभी नहीं करूंगा ।

शर्मा जी :	ऐसा मत बोलिए श्रीराम जी..... किसी भी हाल में हमारी पार्टी को जिताये। यह आदिशेष ठीक ही कहता है। आज के दिन में वोट लेने के लिए पैसा फेंकना ही पड़ता है। ये लीजिए, पाँच लाख रुपये दे

पप्पा.... राजनीति छोड़ दीजिए

रहा हूँ। कहाँ... कहाँ बाँटना है; देख के बाँट दीजिए। पर किसी भी हाल में हमारी पार्टी ही जितना चाहिए ।

श्रीराम जी : देखिए ये पैसे...... *(पैसा को दूर करने का इशारा करते हुए)*

आदिशेष : सर ... सर ... आप पैसा ले लीजिए सर, वरना शर्मा जी हार जाएँगे।

शर्मा जी : और एक समस्या है श्रीराम जी ! वो समाज सेवा पार्टी का अल्लाबक्श है ना ! वह सारे अल्पसंख्यक वोट को समाज सेवापार्टी को दिलाने का बहुत कोशिश कर रहा है। उनकी पकड भी अच्छी है; इसलिए मुझे चिंता हो रही हैं । अब बोलिए, क्या करना है? कुछ उपाय बताइए?

श्रीराम जी : उन्हीं को खरीदेंगे पैसा देकर ।

शर्मा जी : वह नहीं मानने वाला !

श्रीराम जी : उस शैतान को उड़ा देंगे तो ?

शर्मा जी : वो नहीं होगा; वह बहुत चालाक है।

आदिशेष : नहीं तो एक काम करें गें सर! उसके बेटा या बेटी का अपहरण करवा देते हैं; अन्डर्ग्रैउन्ड वालों को कहकर।

वी. के. बालान्जिनप्पा

शर्मा जी : यह सब नहीं होगा ! बाद में और भी आफत
आजाएगा।

श्रीराम जी : एक काम करो! उनकी दुश्मनी किसके साथ ज्यादा
है; पता करो। उसके दुश्मन को या उसके परिवार में
किसी को पब्लिक में मर्डर करवाएँगे। मर्डर करके...
ऐसा बोलकर भाग जाएगा ! बाद में देख लो मजा....!
पुलिस अल्लाबक्श को पकड़ेगा । थाना के केस में वह
फँस जाएगा; उसपर से लागों का विश्वास उठ जाएगा;
इन लोगो की आपसी लड़ाई से हम फायदा उठा लेगें।

शर्मा जी : हाँ, बहुत अच्छा आइडिया हैं, लेकिन मर्डर करेगा
कौन..?

श्रीराम जी : अरे.... पैसा देने पर, पैसा लेकर अपने बाप का भी
मर्डर करने वाले बहुत मिलते हैं। आप चिंता मत करो;
इसकी व्यवस्था मैं करता हूँ!

शर्मा जी : तो आप भी पैसों के लिए चिन्ता मत कीजिए; लेकिन
हमें ही वोट मिलना चाहिए।

श्रीराम जी : लेकिन मैटर को बहुत ही सिक्रेट से रखिएगा, किसी
भी हालत में आपको जरूर जीतवायेंगे, आप चिन्ता
मत कीजिए।

शर्मा जी : अच्छा मैं जाता हूँ। कल या परसो फिर मिलेंगे।
नमस्ते.....।

47

पप्पा.... राजनीति छोड़ दीजिए

श्रीराम जी : अच्छा ठीक हैं। नमस्ते .....

(शर्मा जी बाहर चले जाते हैं, आदिशेष बाहर देखकर आता हैं)

आदिशेष : सर! चन्द्रमोहन जी आ रहे हैं।

श्रीराम जी : अरे, CM के साथ आधा घंटा से Mobile में Important बात कर रहे हैं, लगता है, चुनाव के बारे में बात कर रहे हैं, ऐसा बोलकर उनको थोड़ी देर रोक के रखो। साला... इंतजार करने दो उसको।

आदिशेष : हाँ सर, तुरन्त बुलाने से ये लोग आपको बहुत सस्ता समझ लेंगें। ठीक है। उनको मैं बोलकर आता है।

श्रीराम जी : अरे, पागल ! तुम मेरी प्रशंसा कर रहे हो या मेरी बेइज्जती कर रहे हो। देखो आदिशेष, मैं जब किसी के साथ बात करता रहूँगा तब उस समय तुम अपना दोस्त सुनील अग्रवाल या लंगड़ा नकुल को कहना, CM का PA के जैसे या राज्यपाल के Secretary के जैसे मेरे पास call करें और ये बोलने बोलना कि CM या राज्यपाल बहुत आवश्यक विषय पर Discuss करने के लिए मुझे बुलाए हैं। तुम उनलोगों को Missed call करना, वे लोग समझ जाएंगे। उन लोगों के साथ बात करते समय Mobile का आवाज तेज

वी. के. बालान्जिनप्पा

रखना ताकि सामने वाले लोग बात सुन सके। SP, DC को ट्रांसफर करवाना, MD को पद से हटाना, ऐसे ही किसी विषय पर बात करने को बोलना। लेकिन फोन कॉल उनके तरफ से आना चाहिए। देखने वाले लोग इसे सच समझ सकें और एक बात तुम हरेक समय दो बंद लिफाफा बनाके रखना।

आदिशेष : उसमें क्या Matter लिखा हुआ रहेगा सर?

श्रीराम जी : उसमे कुछ भी नहीं रहेगा। खाली कागज रहेगा या कोई उपलब्धि के लिए मुख्यमंत्री या राज्यपाल को बधाई पत्र रहेगा। लेकिन तुम बोलना सर, वो दारोगा को सस्पेंड करने के लिए मुख्यमंत्री और Governor साहब का पत्र इधर ही है। ऐसा बोलना, बाकी मैं समझ लूँगा।

आदिशेष : सर, आपका दिमाग को भगवान ने बहुत ही Special बनाया है। राजनीति में आपको Nobel Prize मिलन चाहिए।

श्रीराम जी : अच्छा जाओ। उस चन्द्रमोहन को बुलाओ।

(आदिशेष जाकर चन्द्रमोहन जी को अन्दर बुलाता है)

चन्द्रमोहनः प्रणाम श्रीराम जी!

श्रीराम जी : अरे चन्द्रमोहनजी.... प्रणाम..... प्रणाम.... आपकी सौ साल उम्र बढ़े।

पप्पा.... राजनीति छोड़ दीजिए

चन्द्रमोहनः क्यों ?

श्रीराम जी : अभी दो मिनट पहले आपको ही याद कर रहे थे, क्यों रे... आदिशेष ! बताओ इनको ।

आदिशेष : हाँ ! कल शाम में भी और अभी भी सर आपको याद कर रहे थे ! आप कितने तेज हैं, ऐक्टिव हैं; इस बार आपको सपोर्ट करने का।

चन्द्रमोहनः *(बात काटते हुए)* कितना भी ऐक्टिव राहून उससे क्या ही होगा? ये बात सभी लोग समझे तब न? देखिए आप जनतंत्र पार्टी में हैं। मैं समाज सेवा पार्टी में, कहाँ आप! हमको मदद कर पाएंगे ?

श्रीराम जी : वही गलत.....! ठीक है, मैं जनतंत्र पार्टी में हूँ, पर अब मेरा मन उब चुका है ।

चन्द्रमोहनः क्यों...?

श्रीराम जी : मैं कितने सालों से पार्टी के लिए काम कर रहा हूँ। मैंने अपने लिए, टिकट नहीं मांगा; लेकिन अच्छे लोगो को टिकट दे दीजिए बोले, तो साला किसी नालायक को टिकट दे दिया। इसलिए मैं बहुत गुस्से में हूँ ! अभी देखिए आपका पार्टी में कितने अच्छा कंडिडेट को टिकट दिया हैं। आज के दिन में आपके जैसा नेता देश को चाहिए ! वहीं सबसे ज्यादा जरुरी हैं।

आदिशेष : हमारे सर, तीन दिनों से सोये नहीं हैं, इसी चिंता में ।

श्रीराम जी : साला। उस शर्मा की क्या प्रतिभा हैं? बंदर कहीं का;
उसको Politics का Definition भी नहीं जानता हैं;
उसको टिकट दे दिया। इस बार ये लोग कभी नहीं
जीतेगो, मैं पहले ही कह देता हूँ।

आदिशेष : हमारे सर ने कितने वर्षों से मन लगाकर, दिन-रात
पार्टी के लिए काम कियें, लेकिन क्या फायदा हुआ,
इनकी बातों को किसे ने नहीं माना ।

चन्द्रमोहन: आप चिंता मत कीजिए, श्रीराम जी। आप मुझे मदद
कीजिए, बाद में देखिए, मेरे जीतने पर आपको किसी
बोर्ड का चेयरमैन बना दूँगा, पर इस बार आप किसी
तरह से मेरी मदद कीजिए।

श्रीराम जी : किसी तरह क्यों पूरी तरह से मैं आपका मदद
करूँगा। अरे मैं अपनी पार्टी के लोगों को भी दिखाना
चाहता हूँ कि इस श्रीराम जी का पावर कितना है।
उनलोगों को भी तो पता चलना चाहिए की श्री राम जी
का बात न मान कर कितनी बड़ी गलती करदी और
फिर अपनी पार्टी का बैनर के नीचे हाथ रखकर बैठना
पड़ेगा, शैतान लोगों को।

चन्द्रमोहन: आप हमारी पार्टी में आ जाइए श्रीराम जी...... मैं पार्टी
के हाईकमान्ड के पास बात करता हूँ।

पप्पा.... राजनीति छोड़ दीजिए

श्रीराम जी : यही गलती ! अगर अभी मैं आपके पार्टी में आजाऊँ तो मेरे पार्टी के लोग मुझपर झूठ - मूठ का आरोप लगाएंगे और जनता उनकी बातों पर यकीन कर लेगी । इसलिए मैं अपने पार्टी में रहकर ही उन शैतान लोगों को सबक सिखाऊँगा। आपको indirectly पूरा वोट दिलाऊँगा।

चन्द्रमोहन: हाँ .. हाँ..! ऐसा ही कीजिए, ये पैसें रखिए ।

श्रीराम जी : कितना पैसें है ?

चन्द्रमोहन: पाँच लाख रूपये हैं ..... और भी चाहिए तो बोलिए, संकोच मत कीजिए।

श्रीराम जी : लेकिन..... इस बात को एकदम गुप्त रखिएगा, इस बार किसी भी हालत में समाज सेवा पार्टी जितवाऊँगा। आप निश्चिंत रहिए। और एक बात है, वो शर्मा जी हैं ना जनतंत्र पार्टी वाले ! वे पूर्णेद स्वामी जी को पकडे हैं, स्वामी जी के बोलने से लगभग एक लाख लोग आँख बंद कर वोट दे देंगे। मुझे उस पूर्णेद् स्वामी जी का डर हैं। किसी तरह से स्वामी जी को अपने तरफ लाना ही होगा। ये अंधे – बहरे लोग मिनिस्टर को उतना नंही मानते है जितना स्वामी जी को मानते हैं । मुझे इसी बात की चिंता है ।

चन्द्रमोहन: स्वामी जी को आपके तरफ लाने के लिए उनको कितने पैसें देने होंगे ।

वी. के. बालान्जिनप्पा

श्रीराम जी : और दस लाख रूपये ! अगले सप्ताह मैं स्वामी जी को आपके घर लाता हूँ, ठीक है ना?

चन्द्रमोहन: हमारे दरवाजे में स्वामी जी आएंगे। क्या ये सच है?

श्रीराम जी : श्रीराम जी की Capacity को कभी कम मत समझिए।

चन्द्रमोहन: अच्छा ठीक है श्री राम जी, मई चलता हूँ।

श्रीराम जी : अरे ! खाना खाकर जाइए ।

चन्द्रमोहन: नहीं, मैं फिर कभी भी खा लूँगा। नमस्ते ।

श्रीराम जी : नमस्ते ! आप मुझ पर भरोसा रखिए, मैं आपको गुप्त रूप से समाचार भेजता रहूँगा।

चन्द्रमोहन: हाँ ठीक है.... नमस्ते ।

आदिशेष : सर! आप जीत जाएंगे तो मुझे भूलियेगा नहीं ।

चन्द्रमोहन: कैसे भूल सकते हैं.।   पर आप भी मेरा काम को मत भूलिएगा।

आदिशेष : वो ईश्वर को भूल जाएँगे पर आपको कभी नहीं भूलेंगे। अब आप सर का Capacity देखिए। अरे सर आप भूल गए क्या? मुख्यमंत्री जी ने आपको 3 बजे बुलाया है।

श्रीराम जी : अरे ! मैं एकदम भूल गया था। मुख्यमंत्री जी Project Bhawan में बीस सूत्री कार्यक्रम में संशोधन करने के

पप्पा.... राजनीति छोड़ दीजिए

लिए मेरा सलाह लेने को बुलाए थे। मुझे तुरन्त ही जाना होगा।

चन्द्रमोहन: अच्छा आप Project Bhawan जाइए। मैं भी अब चलता हूँ। नमस्ते..... ।

श्रीराम जी : आदिशेष : *(एक साथ)* नमस्ते ।

(चंद्रमोहन का प्रस्थान)

श्रीराम जी : साले इस एलेक्शन को दो-दो साल में आते रहने से कितना मजा आता ।

आदिशेष : वो तो ठीक है सर! । पर आपने उस स्वामी जी को कभी देखा ही नहीं, फिर आपने कैसे उनको जुबान दे दी सर ?

श्रीराम जी : यही तो श्रीराम जी का स्टाइल है। तुम बस अब देखते रहो!

आदिशेष : मैं कभी समझ ही नहीं पाऊँगा सर, कि नेता कैसे बना जाता है।

श्रीराम जी : क्यों? तुम नेता बनना चाहते हो क्या? तुम अगर नेता बन जाओगे तो मैं तुम्हारी लंगोटियाँ धो कर बैठूँगा क्या?

आदिशेष : नहीं सर ऐसा मत सोचिए, मैं कभी नेता नहीं बनूँगा, लेकिन रोज तो दस-बीस नेता पैदा होते रहते हैं। वे

वी. के. बालान्जिनप्पा

लोग कैसे नेता बन जाते हैं, वही नहीं समझ पा रहा हूँ।

श्रीराम जी : हमारे देश में नेता के लिए कोई Qualification नहीं चाहिए! दो गुटों के बीच दंगा फैला दो, जुलूस निकालो, तीन-चार गाडियाँ जला दो, रास्ता जाम करो या मंत्री के घर के सामने घेराव कर दो, बस ! नेता बन जाओगे। हाँ ! लेकिन एक सिक्रेट बात है, दंगा करवाना है लेकिन किसी को पता ना चले की उसका कारण तुम हो। सालों को लाठी – पत्थर, गोली खाने दो, बाद में तुम अस्पताल जाकर घायलों को देखो और पेपर में बड़े – बड़े स्टेटमेंट दे दो। बस नेता बन जाओगे। और एक रास्ता है, दुर्गा पूजा, सरस्वती पूजा या फिर मुहर्रम, रमजान में चंदा कर लो, एक मिनिस्टर को बुलाओ और साथ में बड़े-बड़े फोटो खिंचाओ, बस, नेता बन गये। समझे ?

आदिशेष : वाह सर .... आपका बहुत दिमाग है।

(लाइट ऑफ)

दृश्य समाप्त

पप्पा.... राजनीति छोड़ दीजिए

(दृश्य -5)

(मंच पर प्रकाश)

(श्रीराम जी समाचार पत्र पढ़ रहे हैं, साथ में चाय पी रहे हैं; लक्ष्मी खड़ी है)

लक्ष्मी :   जी......!

श्रीराम जी : क्या?

लक्ष्मी :   आजकल आपके बारे में बहुत सुन रही हूँ।

श्रीराम जी : क्या सुनी !!?

लक्ष्मी :   उस अनिता रानी के साथ आप बहुत घुम रहे हैं.... और दिल्ली भी उनके साथ बार-बार जा रहे हैं, ये सब क्या है?

श्रीराम जी : यह सब राजनीति है, तुम नहीं समझोगी, तुम अंदर जाओ!

लक्ष्मी :   लोग आपके बारे मे बार – बार बुरा बोलेंगे तो कैसे सुनना है ?

श्रीराम जी : सुनने का मन नहीं रहने से कान में रूई डालके चुप-चाप बैठो। राजनीति में हजारों लोगों के साथ आना-जाना पड़ता है; उसमें दोष खोजने से कैसे होगा....

लक्ष्मी :   इधर हजारों लोगों का नाम नहीं आ रहा है, मात्र अनिता रानी का नाम आ रहा है।

श्रीराम जी : हाँ ! आ गया, अब क्या करना ?

लक्ष्मी :   राजनीति छोड़कर अपने बच्चों पर ध्यान दीजिए। आज के बच्चे लोग भी बहुत तेज होते हैं। पप्पा क्या करते हैं, माँ क्या करती है, देखते रहते हैं।

श्रीराम जी : क्या बोलती हो तुम ? मैं राजनीति छोड़कर बस स्टैण्ड में बादाम बेचना है क्या ? शैतान औरत ! आजकल तुम बहुत जुबान चलाने लगी हो, बच्चों के मन में तुम ही जहर डालती हो।

लक्ष्मी :   मैं क्या जहर डालूँगी, परसों हमारे बेटे विवेक को किसी ने कुछ भी बोल दिया, आपके बारे में। उसने दिन भर खाना नहीं खाया। "घर में रहने को भी मन नहीं लगता है माँ" बोला। इसका कारण कौन है?

श्रीराम जी : इसका कारण तुम हो ! मेरे घर में नहीं रहने पर उसके कान में कुछ – कुछ बोलकर उसका दिमाग खराब कर देते हो..... बाप और बेटे के बीच में गड्ढा खोद रही हो। आजकल तुमको देखने से बहुत गुस्सा लगता है।

लक्ष्मी :   हाँ !... हाँ ! मुझे देखने से गुस्सा लगता है, और उस अनिता रानी को देखने से प्यार आता है ना..?

पप्पा.... राजनीति छोड़ दीजिए

श्रीराम जी : जबान लंबा मत करो, शैतान औरत ! तुम्हें मार डालूंगा, तुम इस श्रीराम जी का सिर्फ एक चेहरा देखे हो, तुमको दूसरा चेहरा भी दिखाना पड़ेगा।

लक्ष्मी : दूसरा चेहरा क्यों? तीसरा चेहरा भी दिखाये । घर में सुख शांति रख नहीं सकते, देश का उद्धार करने चले हैं.... । मैं इस घर में नहीं रहूँगी। जहर खाकर या तालाब या रेल पटरी पर मैं अपनी जान दे दूँगी । *(रोती हैं)*

श्रीराम जी : पहले वो काम करो! बहुत अच्छा होगा! *(बैक्स्टैज से 'मम्मी' आवाज आती है)* देखो बेटा आ गया! उसके सामने रोने का नाटक मत करना , बच्चा भगवान स्वरूप होता है। मैं तुम्हें बहुत प्यार करता हूँ, तुम ही झूठ - मूठ का सोचकर मेरा मूड खराब कर देती हो । मैं तुम्हें कितना प्यार करता हूँ तुम नहीं जानती हो। तुम मेरी देवता हो ना? मत रो..... ।

लक्ष्मी : फिर वो अनिता रानी.....? *(सिसकते हुए)*

श्रीराम जी : अरे उस हरामी औरत के बारे में तुम क्यों सोचती हो.....? मैं श्री राम हैं: तुम मेरी सीता....! बस.... एक बार हँसो ।

लक्ष्मी : छिः ! मुझे लज्जा आती है...! आप कितनी बार मुझे इसी तरह से ठगते रहते हैं।

वी. के. बालान्जिनप्पा

श्रीराम जी : अरे....! मेरी माँ की कसम. मेरे बाप की कसम ! मुझपर भरोसा रखो। I Love you my Darling, You are my Sweet Heart.(लक्ष्मी को आलिंगन करता है।)

(लाइट ऑफ)

दृश्य समाप्त

श्रीराम जी : अरे....! मेरी माँ की कसम. मेरे बाप की कसम ! मुझपर भरोसा रखो। I Love you my Darling, You are my Sweet Heart.(लक्ष्मी को आलिंगन करता है।)

पप्पा.... राजनीति छोड़ दीजिए

(दृश्य – 6)

(मंच पर प्रकाश)

(अनिता रानी एवं श्रीराम जी के बीच वार्तालाप) * :

अनिता : छिः छिः छिः कुछ शैतान पत्रकार लोग एकदम ठीक नहीं हैं श्रीराम जी।

श्रीराम जी : अरे......रे . ऐसा मत बोलिए अनिता रानी जी। ये प्रेस वाले लोग भगवान स्वरूप होते हैं। उनका मन हुआ तो हिमालय से ऊँचा ले जाएंगे । और अगर गुस्सा आया तो पाताल में धकेल देंगे ।

अनिता : वो तो ठीक है, लेकिन एक हरामी पत्रकार पूछता है, अनिता रानी जी आप क्यों बार - बार दिल्ली जाती हैं, वो भी श्रीराम जी के साथ ? मुझे गुस्सा नहीं लगेगा ? आप ही बोलिए।

श्रीराम जी : आप क्या बोलीं ?

अनिता : तुम मुझे साथ नहीं देते हो ना? इसीलिए उनके साथ जाती हूँ बोले । इस पर, साला चुप-चाप हो गया । वो तो छोड़िए... आपकी पत्नी भी ठीक नहीं है जी ।

श्रीराम जी : क्यों..?

अनिता : उस दिन हमलोग उनको कितना बार समझाएं, राजनीति में आने के लिए, लेकिन नहीं मानी।

वी. के. बालान्जिनप्पा

श्रीराम जी : अरे वह धूर्त औरत है। उस दिन आप जाने के बाद में, मुझसे लड़ने लगी, मुझे राजनीति में क्यों बुलाते हैं, राजनीति मुझे पसंद नहीं है। दूसरा बार आप राजनीति में बुलाएंगे तो मैं मायके चली जाऊँगी, बोलकर खूब रोयी।

अनिता : बहुत हरामी लगती है आपकी पत्नी । आपकी बातों को सीधा इनकार करती है, कितनी घमंडी है वो औरत, कितनी Rigid है,आपकी बातों को भी नहीं सुनती है।

श्रीराम जी : *(उदासी से)* हूँ!.. हम दोनों की नसीब ही ठीक नहीं है अनिता जी, मुझे मेरी बीबी साथ नहीं देती, और आपको आपका पति साथ नहीं देते।

अनिता : आप ठीक ही बोल रहे हैं। श्री रामजी मैं भी सोचती हूँ, उन्हें Divorce दे दूँ।

श्रीराम जी : नहीं..... नहीं, ऐसा मत कीजिए, पति बहुत आवश्यक है, नहीं तो बहुत बदनामी होगी।

अनिता : I don't care it.... I hate my husband.... I want my freedom.... I don't want to be a Slave any more.

श्रीराम जी : No - No, पति अति अवश्यक है, क्योंकि उन्हीं से तो आपका licence है। पर just like a rubber stamp बना के रखिए बस.....! Bye the bye, Let's come

पप्पा.... राजनीति छोड़ दीजिए

to the point, उस पूर्णनेन्दु स्वामी को trap कैसे करेंगे?

अनिता : अरे आप बिल्कुल भी चिंता मत कीजिए। उसके लिए मैं इस मोहिनी को लायी हूँ, ये और इसका Duplicate पति एक सप्ताह से आश्रम में Continue सुबह-शाम आ जा रहें हैं।

श्रीराम जी : Good - good.. any progress?

अनिता : हाँ, स्वामी जी को ये मोहिनी पर बहुत विश्वास आ गया है। अगले सप्ताह मोहिनी अपने घर में पूजा-पाठ करवाएगी। स्वामी जी को बुलाई हैं।

श्रीराम जी : स्वामी जी मान गए हैं क्या?

अनिता : Why not? मोहिनी अपना भक्ति-भाव से, अपने मधुर भाषा से, सुन्दर ढंग से स्वामी जी को सम्मोहित कर ली है , स्वामी जी भी मोहिनी का भक्ति भाव से अत्यंत प्रसन्न हैं,और इनके घर में पूजा करवाने के लिए वो जरूर आएँगे।

श्रीराम जी : पति के सामने मोहिनी स्वामी जी को कैसे Trap करेगी?

अनिता : नहीं.....! उस समय इनका पति घर में नहीं रहेगा। वे कुछ जरूरी काम से बाहर चले जाएगा, अतः मुझे ही दीक्षा दीजिए स्वामी जी! और अंत में प्रणाम करने के

वी. के. बालान्जिनप्पा

समय .... अरे मोहिनी ! जरा एक trial करके के दिखाओ.....

मोहिनी : *(मोहिनी ट्रायल दिखाती है ...)*

मैं धन्य हो गयी स्वामी जी ! मैं धन्य हो गयी.....! आज जो मैंने दीक्षा ली, उससे मेरे जन्म - जन्म के पाप भस्म हो गये, आपने इस जिंदगी में ही मुझे सभी पापों से मुक्त कर दिया स्वामी जी, मेरी जिंदगी सार्थक हो गयी, मैं धन्य होग गयी, मैं पवित्र हो गयी आपके जैसे स्वामी जी को पाकर मैं धन्य हो गयी, मुझे आशीर्वाद दीजिए, स्वामी जी.....

(प्रणाम करने के बाद उठने के समय oh! Swami Ji कहकर गिरते हुए श्रीरामजी को पकड़ कर आलिंगनबद्ध होती है।)

स्वामी जी यह अन्याय है, मुझे छोड़ दीजिए स्वामी जी, मैं आपकी पुत्री के समान हूँ... पुत्री के समान हूँ, मुझे छोड़ दीजिए... मुझे छोड़ दीजिए स्वामी जी नहीं स्वामी जी ये...... पाप है। घोर पाप है, ऐसी पाप की भागिन मैं कभी नहीं बनूँगी, प्लीज मुझे छोड़ दीजिए, स्वामी जी, मुझे छोड़ दीजिए।

अनिता : कैसा है मेरा प्लान..... मोहिनी इससे भी खराब ढंग से पूर्णद स्वामी जी का आलिंगन करेगी और कमरे में छुपा हुए विडियो कैमरा से रिकॉर्ड कर लेगी। बाद में स्वामी जी हमारे मुट्ठी में...।

पप्पा.... राजनीति छोड़ दीजिए

श्रीराम जी : Well done!... पूर्णनेन्दु Swami ji now you are trapped.!!!

अनिता : हाँ.. इनके घर में कैमरा रखने का काम आपका है।

श्रीराम जी : Done! (मोहिनी का आलिंगन करते हुए)

(लाइट ऑफ)

दृश्य समाप्त

वी. के. बालान्जिनप्पा

(दृश्य-7)

(आदिशेष श्रीरामजी के घर आता है)

आदिशेष : भाभी जी. भाभी जी...।

लक्ष्मी : कौन है ? ओ आदिशेष ! क्या बात है आदिशेष ?

आदिशेष : सर कहाँ गये भाभी. जी ?

लक्ष्मी : अरे तुम उनके चेले हो, हमसे क्यों पूछते हो? हमसे अधिक, तुम जानते होगे।

आदिशेष : नहीं भाभी जी, सर ने हमको धोखा दे दिया।

लक्ष्मी : तुमको ? धोखा दे दिया ? क्या बोलते हो आदिशेष?

आदिशेष : हाँ... भाभी जी, में डूब गया भाभी जी, में डूब गया।

लक्ष्मी : कैसे ?

आदिशेष : मैं और मेरे चचेरे भाईयों के बीच जमीन का झगडा था। सर और मेरे वकील ने हमलोंगो को compromise करने की सलाह दी। सर और वकील ने कहा था मुझे कि तुमको दो करोड की जमीन के बदले चार करोड की सम्पत्ति दिलाउँगा। मैंने जब compromise कर ली तो उन्होंने मेरे चचेरे भाई से मिलकर मुझको ही ठग दिया।

लक्ष्मी : तुम आँखें बंद कर compromise को कैसे मान लिया?

पप्पा.... राजनीति छोड़ दीजिए

आदिशेष : मेरे चचेरे भाईयों ने चार करोड़ की जमीन का एग्रिमेंट मेरे नाम पर बना कर दे दिया। शर्त यह रखा गया थी कि: compromise के बाद वे कागजात मेरे हवाले कर दिया जाएगे। मैंने सर पर विश्वास करके compromise कर ली । लेकिन सर ने मेरे चचेरे भाईयों से मिलकर जमीन के सारे कागजात उनको दे दिये । अब मैं भिखारी बन गया हूँ। सर ने मुझे बहुत बड़ा धोखा दे दिया। मैं सर पर कितना विश्वास करता था। मैं डूब गया भाभीजी..... मैं डूब गया। मेरे बाल - बच्चे अनाथ हो गये।

लक्ष्मी : तुम सर पर क्यों इतना विश्वास करते थे ? तुम दोनों मिलकर कितने लोगों को धोखा दिया। कितने लोगों को बर्बाद कर दिये। आपलोगों के कारण कितने लोग भिखारी बन गये। मैं क्या कर सकती हूँ? वो तो मेरी बात सुनते भी नहीं हैं!

आदिशेष : भाभी जी, आप सच बोल रहीं हैं। सर ने मेरे साथ राजनीति कर दी।

लक्ष्मी : देखो आदिशेष, आपका सर, अपनी पत्नी अर्थात् मेरे साथ राजनीति करने वाला व्यक्ति, तुमको क्यों छोड़ेगा? तुम मूर्ख हो।

आदिशेष : हाँ भाभी जी ! मैं मूर्ख हूँ । मैं सर पर विश्वास करके कितनी गंदी राजनीति करता था, कितने लोगों को धोखा देता था। मेरे कारण कितने लोगों के साथ अन्याय

वी. के. बालान्जिनप्पा

हुआ। आज उन्हीं लोगों के श्राप के वजह से अपनी द्वारा बनायी गयी फाँसी में मैं खुद फँस गया हूँ । इस राजनीति में न्याय, नीति, धर्म, दोस्त और रिश्तों के लिए कोई जगह नहीं है। मैं डूब गया भाभी जी! मैं जा रहा हूँ भाभी जी ! मैं जा रहा हूँ! मुझे सर से बस इतना ही पूछना चाहता था कि, वो क्यूँ मुझे धोखा दिया? मेरे साथ विश्वासघात क्यों किया?

लक्ष्मी :   देखो आदिशेष, आज के दिन में धोखा विश्वासघात, दगाबाजी के नाम को आपलोगों ने राजनीति रख दिया है।

आदिशेष :   मुझे माफ कीजिए, भाभी जी, मुझे माफ कीजिए, आज के बाद मैं कभी राजनीति नहीं करूँगा। भीख माँग लूँगा, पर ऐसी गंदी राजनीति को न देखूँगा और न ही करूँगा। जा रहा हूँ भाभी जी, जा रहा हूँ।

लक्ष्मी :   वो ईश्वर आपका भला करें ।

(लाइट ऑफ)

दृश्य समाप्त

पप्पा.... राजनीति छोड़ दीजिए

(दृश्य -8)

(विवेक पहले दृश्य की तरह द्रौपदी के वेष में रहता है। सूत्रधार एवं दुःशासन खड़े हैं। और उसके पिताजी के रुप का व्यक्ति पहले दृश्य के जैसा खड़ा रहता है।)

विवेक :   देखिए पिताजी, आज सबलोग मेरी ओर अंगुली दिखाकर कैसे अपमान कर रहे हैं। उपहास कर रहे हैं, देखिए पिताजी...... :

अनिता   *(एक ओर से आती है)* ऐ विवेक, कहाँ हैं तुम्हारे पिताजी? गंदा आदमी, उनके चलते मेरी जिंदगी बर्बाद हो गयी ! मेरे शील, चरित्र पर कंलक लग गया। तुम्हारे पिताजी धूर्त हैं, नीच हैं, हरामी हैं।

व्यक्ति 1:   विवेक कहाँ है तुम्हारे पिताजी? हमारे बेटे को काम दिलाएंगे बोलकर पैसे खा गया। मैं बड़ा नेता हूँ, मैं वो मंत्री को जानता हूँ, ये मिनिस्टर को जानता हूँ, मुख्यमंत्री को जानता हूँ, प्रधानमंत्री को जानता हूँ, कहकर मुझे धोखा दे दिया। तुम्हारा बाप नीच है, चांडाल है ! :

व्यक्ति 2:   विवेक कहाँ है तुम्हारा पप्पा ! बैंक से लोन दिलाऊँगा बोलकर उसने राजनीति करके अपने नाम से लोन ले लिया, और मेरा पैसा खा गया। तुम्हारा बाप चोर है, दगाबाज है !

वी. के. बालान्जिनप्पा

मोहिनी : विवेक, जानते हो तुम्हारा पापा कैसा नीच आदमी है ? उसने मेरी जिंदगी बर्बाद कर दी। मुझे पार्टी टिकट दिलाएंगे कहकर धोखा दे दिया। मेरा तन, मन, धन, सभी लूट लिया। वह इंसान नहीं शैतान है।

व्यक्ति 3 : विवेक, कहाँ है तुम्हारे पप्पा ? उसने हमारे भाइयों के बीच झगड़ा करवाया। हमारे परिवार को तोड कर बर्बाद कर दिया। आज तुम्हारे पप्पा के वजह से मेरा परिवार का सुख-शांति सब का नाश हो गया। :

व्यक्ति 4 : विवेक, कहाँ है तुम्हारे पप्पा ? ठेकेदारी दिलाऊँगा कहकर पैसे खा गया और पैसे की लालच में दूसरे को ठेकेदारी दिला दी। तुम्हारा पप्पा विश्वासघाती है। तुम्हारे पप्पा विश्वासघाती है।

आदिशेष : विवेक बेटा, तुम्हारा पप्पा एक मित्र-द्रोही है, विश्वासघाती है ! मैने उनपर कितना भरोसा किया था ! कितना विश्वास किया था! उन्होंने मेरा भरोसा, विश्वास को बहुत बड़ा धोखा दिया। लेकिन तुम्हारे पप्पा ने विश्वास, भरोसा और प्यार में जहर घोल कर तुम्हारा भी गला काट देगा। होशियार रहना बेटा! तुम्हारी माँ को भी बाजार में बेच देगा। होशियार रहो बेटा! होशियार रहो....

लक्ष्मी : देखो बेटा विवेक ! तुम्हारे पप्पा के वजह से हमलोगों का कितना अपमान हो रहा है। कितनी बातें सुननी पड

पप्पा.... राजनीति छोड़ दीजिए

रही हैं। यह मैं नहीं सह सकती बेटा, मैं मर जाऊँगी, मैं मर जाऊँगी......!

विवेक : *(रोने के स्वर में)माँ .... माँ .... ।*

(स्तब्ध होकर खड़ा होजता है।)

(सबलोग एक ही बार बोलते हैं-विवेक तुम्हारे पापा गंदे आदमी हैं, नीच हैं, दगाबाज आदमी हैं ऐसा कहकर घूमते हैं। विवेक कान बंद कर खड़ा हो जाता है। इसके बाद जोर से 'पप्पा' बोलकर चिल्लाता है।)

(लाइट ऑफ)

दृश्य समाप्त

वी. के. बालान्जिनप्पा

(दृश्य -9)

(मंच पर प्रकाश होने के बाद – पहले दृश्य के जैसे मंच सज्जित है।) (निर्देशक, दुःशासन और विवेक पिताजी की ओर मुँह करके देख रहे हैं।)

विवेक: देखिए सर, रोज ऐसी बातें सुनते सुनते मैं बहुत अपमानित महसूस करता हूँ, एक बार सोचता हूँ मैं क्यों न मर जाऊँ । मैं बहुत निराश हूँ, बहुत दुःखी हूँ। आपलोग सोचते हैं कि मैं बड़े नेता जी का बेटा हूँ, बहुत खुश हूँ, परन्तु मैं अपना दुःख-दर्द किसको सुनाऊँ? कैसे बताऊँ?मेरे पापा जैसे और कई नेताओं के पत्नी, बेटा, बेटियाँ मेरी तरह दुःख और यातना से दिन गुजार रहे हैं। अब आप ही बताइए सर, अपने पिताजी से मैं क्या बोलूँ?

डायरेक्टर : दूषशन हाँ अंकल, विवेक सच कहता है उनकी बात में दम है, आप ऐसे गन्दा राजनीति छोड़ दीजिए।

विवेक: पप्पा, स्वामी विवेकानन्द कहते हैं - to be good and to do good to everyone, that is the whole of religion. That is the real patriotism. इसलिए पप्पा राजनीति छोड़ दीजिए ! यह राजनीति छोड़ दीजिए। यह गंदी राजनीति छोड़ दीजिए पप्पा....!!!

पप्पा.... राजनीति छोड़ दीजिए

जय गुरू जी

(विवेक स्तब्ध होकर खड़ा हो जाता है।)

(लाइट ऑफ)

समाप्त

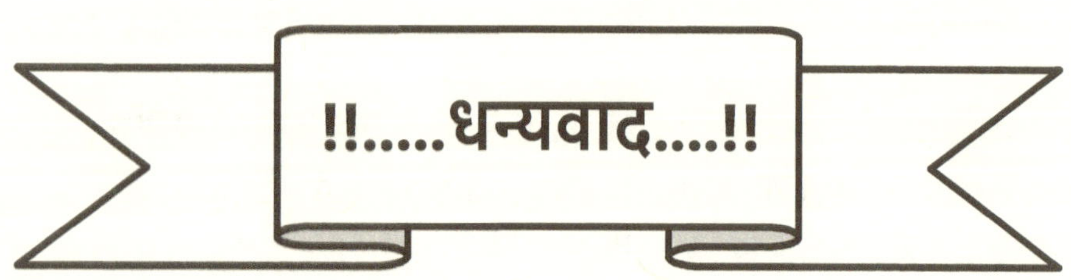

वी. के. बालान्जिनप्पा

कथा सार :

"कुछ रिश्ते जन्म से मिलते हैं, और कुछ... एक भयानक सौदे का हिस्सा बन जाते हैं।"

विवेक एक ऐसा मासूम बच्चा है, जो अपनी पहचान खुद बनाना चाहता है, लेकिन उसकी राहें उसके पिता के पापों से ढकी हुई हैं। श्री राम जी, एक सम्मानित नेता—बाहर से आदर्श, भीतर से छल-कपट और धोखे से भरे। उनकी सत्ता की भूख न जाने कितनी ज़िंदगियों को निगल चुकी है।

माँ इस शर्मिंदगी से बचने के लिए संघर्ष कर रही है, लेकिन विवेक के लिए यह नफरत भरी दुनिया एक अंतहीन दुःस्वप्न बन गई है। और वह लड़की... जिसके सपनों को राजनीति के अंधेरे में दफना दिया गया, क्या उसे कभी न्याय मिलेगा?

यह केवल एक कहानी नहीं, बल्कि एक ऐसी त्रासदी है जो आपकी आत्मा को झकझोर देगी। हर मोड़ पर सच्चाई का एक खौफनाक चेहरा मिलेगा। क्या विवेक इस अंधकार से बाहर निकल पाएगा, या वह भी अपने पिता की परछाईं में खो जाएगा?

यह किताब उन रिश्तों, संघर्षों और सच्चाइयों की कहानी है, जिन्हें समाज देखना नहीं चाहता... लेकिन जो हकीकत हैं।

वी. के. बालान्जिनप्पा

पप्पा.... राजनीति छोड़ दीजिए

जय गुरू जी

वी. के. बालान्जिनप्पा